Sergio Bambaren
Der kleine Fuchs und der Träumer

PIPER

Zu diesem Buch

Als dem Träumer klar wird, dass sein iPhone und der Stress der Großstadt sein Leben mehr und mehr beherrschen, baut er sich ein kleines Haus an einem abgelegenen Strand – sein »Fenster zur Sonne«. Ein Heim, in dem alle Geschöpfe willkommen sind. Hier lernt er den Fuchs Cheekee und seine Freunde kennen, die ihm von ihrer Not berichten: Der Ameisenbär Anty muss im Müll der Menschen schlafen, die Meeresschildkröte Maggie ist nur knapp einem Schleppernetz entkommen, und die Krabbe Mr. Crab ist kurz davor, an Motoröl zu ersticken. Durch Cheekee und seine Freunde erkennt der Träumer aber auch, dass es noch Hoffnung für den Planeten gibt, wenn die Menschen wieder lernen, der Natur und einander mit Liebe und Respekt zu begegnen.

Sergio Bambaren, geboren 1960 in Peru, gelang mit »Der träumende Delphin« auf Anhieb ein internationaler Bestseller. Er gab seinen Ingenieurberuf auf und widmete sich fortan ganz dem Schreiben und seiner Leidenschaft für das Meer. Nach längerem Aufenthalt in Sydney lebt er heute wieder in Peru sowie auf den Kanarischen Inseln, und engagiert sich u.a. für das Non-Profit-Unternehmen »Delphis«.

Sergio Bambaren

Der kleine Fuchs und der Träumer

Ein Buch für Großherzige

Aus dem Englischen von
Gaby Wurster

PIPER

Mehr über unsere Autorinnen, Autoren und Bücher:
www.piper.de

Von Sergio Bambaren liegen im Piper Verlag vor:

Der träumende Delphin
Ein Strand für meine Träume
Das weiße Segel
Samantha
Der Traum des Leuchturmwärters
Stella. Ein Weihnachtsmärchen
Die Botschaft des Meeres
Die Zeit der Sternschnuppen
Der kleine Seestern
Die Rose von Jericho
Die Bucht am Ende der Welt
Die Blaue Grotte
Die Heimkehr des träumenden Delphins
Lieber Daniel
Die beste Zeit ist jetzt
Die Stunde der Wale
Die Weisheit deines Herzens
Das Leuchten der Wüste
Das Fenster zur Sonne
Der Klang der Stille
Der kleine Fuchs und der Träumer
Die Stimme des Meeres
Der träumende Delphin und die Stimme des Ozeans

MIX
Papier | Fördert gute Waldnutzung
FSC® C083411
FSC www.fsc.org

PRODUZIERT MIT VERANTWORTUNG

Ungekürzte Taschenbuchausgabe
ISBN 978-3-492-23119-0
1. Auflage September 2019
3. Auflage September 2025

Titel der englischen Originalausgabe:
»Of How A Little Wild Fox Called Chiqui Showed Me The True Meaning of Forgiveness«

Piper Verlag GmbH, Georgenstraße 4, 80799 München, *www.piper.de*
Für direkten Kontakt und Fragen zum Produkt wenden Sie sich an: *info@piper.de*
zuvor erschienen im Verlagsprogramm Pendo
Redaktion: Martina Schwarz-Schloegl
Umschlaggestaltung: U1 berlin/Patrizia Di Stefano
Umschlagabbildung: Andrew Hewkin/Bridgeman Images (Landschaft, Meer, Natur): Tim Hayward/Bridgeman Images (Fuchs)
Satz: Fotosatz Amann, Memmingen
Gesetzt aus der Bauer Bodoni
Druck und Bindung: CPI books GmbH, Leck
Printed in the EU

Niemals wird dir das Universum eine
so schwere Aufgabe geben ohne die Möglichkeit,
sie auch zu bewältigen.

Vorwort

Allen, die meinen kleinen Freund noch nicht kennen, möchte ich Cheekee vorstellen.

Cheekee ist ein wilder Fuchs, der eines schönen Tages vor fast drei Jahren in mein Leben trat. Das war kurz nachdem ich beschlossen hatte, mein Leben nicht mehr von meinem iPhone beherrschen zu lassen und weit weg zu ziehen von der Hektik und dem Lärm der Großstadt. In all den Jahren war ich gegen den Strom geschwommen und hatte meine Überzeugungen gegen Menschen verteidigen müssen, die mich für vollkommen verrückt hielten. Und nun hatte ich das Gefühl, dass ich mich meinen Ängsten endlich stellen und meine Pläne wirklich in die Tat umsetzen musste.

Es gab kein Zurück mehr. Zwar war mir klar, dass ich niemandem etwas beweisen musste – außer mir selbst. Aber ich wollte in aller Konsequenz so leben, wie ich fühlte und dachte. Ich wollte die tiefe Wahrheit finden, die, wie ich schon immer geahnt hatte, hinter allem existierte, und danach leben. So beschloss ich, alles hinter mir zu lassen und endlich den Traum zu verwirklichen, auf den ich mein ganzes Leben lang zugesteuert war.

Ich verließ meine gewohnte Umgebung – dieses Mal für immer – und folgte meinem Herzen. Schließlich gelangte ich an einen paradiesischen Ort, der bislang von Menschen unberührt geblieben ist. An diesem Fleckchen Erde ließ ich mich nieder – mitten in der Natur, direkt am Meer und umgeben von der Schönheit der Schöpfung. Fernab von Einkaufszentren, vom Irrsinn einer Gesellschaft, die sich Tag für Tag schneller bewegt, fernab von Habgier und von Menschen, die nicht gehen, sondern rennen und es immerzu eilig haben.

Mit meinen eigenen Händen und mit der großzügigen Hilfe eines Fischers, einer wundervollen guten Seele, baute ich ein kleines Haus, das ich mein »Fenster zur Sonne« nannte. Mein Heim, dessen eigenes Licht heller strahlt als das Licht, das von draußen hereinfällt. Ein Heim, wo alle Geschöpfe willkommen sind – auch eine kleine graue Maus namens Fabian. Hier kann ich voller Überzeugung sagen: »Es reicht!«, und hier lebe ich mein Leben nach meinen eigenen Grundsätzen, ohne andere Menschen zu verletzen. Denn manchmal muss man, um glücklich zu werden, zu seinen Überzeugungen stehen und auf sein Herz hören.

Wenn man seinen Träumen folgt, fliegt die Zeit nur so dahin, wie überhaupt im Leben die Zeit umso schneller zu vergehen scheint, je glücklicher man ist. Ich kann kaum glauben, dass es nun schon über drei Jahre her ist, seit ich das erste Stück Altholz in die Hand nahm, um mit meinem neuen Heim zugleich einen Traum aufzubauen. Und fast zur gleichen Zeit trat ein wildes Füchslein in mein Leben und eroberte mein Herz: Cheekee.

Heute weiß ich, dass unsere Lebenswege sich früher oder später kreuzen mussten, und ich fühle mich gesegnet durch diese Begegnung. Denn dank Cheekee habe ich die Sprache der Wahrheit wiederentdeckt, diese universelle Sprache des Herzens, die aus der Liebe geboren ist, die uns zu einem Teil des Universums macht und uns ermöglicht, mit allen Lebewesen zu kommunizieren. Sie ist uns allen von Geburt an gegeben, doch im Laufe unseres Erwachsenwerdens – und eines Lebens voller Regeln und Dogmen – verlernen wir sie wieder.

Jetzt weiß ich, dass Cheekee auf mich gewartet hat. Ich musste ihn nur finden. Und ich fand ihn.

Er half mir, die Sprache der Vögel, der Wale und Delfine, ja selbst der Bäume wiederzufinden.

Wer mir nicht glaubt, sollte dieses Buch jetzt vielleicht besser gleich wieder zuschlagen und seine Zeit nicht mit der Lektüre vergeuden. Ich respektiere grundsätzlich, was andere denken, auch wenn sie anderer Meinung sind als ich, und es genügt mir, zu wissen, dass meine Geschichte wahr ist. Ich habe Grenzen überschritten – was ich nie für möglich gehalten hätte –, und Cheekee spielte dabei eine große Rolle.

Deswegen ist meine kurze Geschichte eine Hommage an dieses ganz besondere Wesen, dessen Bekanntschaft ich machen durfte und mit dem ich in den letzten Jahren manches Wunder erlebte. Cheekee hat mich in seine Welt und die seiner Freunde eingeladen. Seine Stärke allen Widrigkeiten zum Trotz hat mich vieles gelehrt und mir die Kraft gegeben, endlich das anzupacken, was vielleicht der letzte große Traum meines Lebens sein wird: mit noch größerer Entschlossenheit jene zu verteidigen, die sich selbst nicht schützen können; lautstark den Schaden bekannt zu machen, den wir unserem gemeinsamen, unserem einzigen Zuhause antun – der Erde, ihren Geschöpfen, ihren Meeren und ihren Wäldern. Dagegen werde ich kämpfen, denn ich möchte für uns und für diejenigen, die nach uns kommen, eine bessere Welt schaffen.

Cheekee und seine Freunde machten mir klar, dass wir noch immer die Möglichkeit haben, die Dinge zum Guten zu wenden und unserem Planeten zu helfen, sich von den Wunden zu erholen, die wir ihm zugefügt haben. Doch wenn wir noch lange zögern, wird es zu spät sein und wir werden entdecken, dass man Geld nicht essen und Benzin nicht trinken kann. Die Erde aber wird sich selbst schützen, indem sie der Menschheit, die wie ein Virus auf ihr wütet, ein Überleben unmöglich macht und sie wie so viele andere Arten zuvor aussterben lässt. Wir brauchen die Erde – sie braucht uns nicht! Wir müssen uns die Schäden bewusst machen, die wir der Natur zufügen, um uns das Leben angeblich leichter zu machen. Nur dann können wir etwas dagegen tun.

Cheekee sagte einmal zu mir, während wir zusammen auf die brandenden Wellen hinausblickten:

»Auch wenn man alle Pflanzen der Schöpfung zerstört, wird der Frühling doch wieder grünen – mit oder ohne euch.«

Also, Cheekee, diese Zeilen sind für dich und deine großartigen Freunde. Ich habe in deiner kristallklaren Welt so vieles gelernt, habe aber auch die Qualen gesehen, das Leid, das wir, manchmal ohne es überhaupt zu wissen, all den wunderbaren Geschöpfen auf unserer Erde antun: wie wir unsere Flüsse verschmutzen; wie wir die Luft so verpesten, dass man sie kaum noch atmen kann; wie wir aus purer Profitgier ganze Arten auslöschen; wie wir unsere Meere und unsere Böden verseuchen und dabei die Bemühungen Tausender bewundernswerter Menschen auf der ganzen Welt mit Füßen treten. Sie tun ihr Möglichstes und setzen sich für die Rettung unseres Planeten ein – er ist der einzige, den wir haben.

Ich hoffe, ihr, meine lieben Freunde, könnt wie ich von Cheekee lernen. Denn solange wir nichts tun, um die Situation grundlegend zu verändern, werden wir immer Teil des Problems sein. Um Lösungen zu finden, müssen wir handeln.

Was das Herz nicht in Worte fasst und in die Tat umsetzt, wird für immer in unserem Denken begraben bleiben. Der Körper erkrankt, der Wille der Seele wird schwach. Doch wenn das Herz direkt zu den Menschen spricht und wir unseren Worten Taten folgen lassen, heilt der Körper und die Seele findet Ruhe …

Doch lassen wir nun Cheekee seine Geschichte erzählen – sie ist ein Lied der Lebensfreude, ein Gedicht auf das Überleben allen Widrigkeiten zum Trotz. Cheekee mit seinem reinen Herzen, das viel zu groß ist, um je Groll zu hegen. Aber Cheekee ist auch ein Mahner, der uns daran erinnert, dass Mutter Erde nicht mehr lange bereit ist, all das zu ertragen, was wir ihr antun.

Ich liebe dich, Cheekee.
Dein treuer Freund, der Träumer

Erster Teil

Ich erinnere mich an den Tag, an dem ich Cheekee kennenlernte, als wäre es erst gestern gewesen.

Der weise Fischer, der mir geholfen hatte, mein »Fenster zur Sonne« zu bauen, hatte mir nahegelegt, jeden Abend frisches Wasser und etwas Futter vors Haus zu stellen. Damals hatte ich keine Ahnung, warum er mich darum bat, er hatte nur gesagt: »Aus der Gesellschaft auszusteigen und alles, was damit zusammenhängt, hinter sich zu lassen, ist keine einfache Entscheidung. Dennoch wirst du feststellen, dass dir dein Entschluss nicht nur den Frieden und die Ruhe schenken wird, die du suchst, sondern sehr viel mehr …«

Dann, eines Abends, als ich auf meiner Veranda saß, aufs Meer blickte und den Vollmond betrachtete, war mir, als hätte ich ganz in der Nähe eine Bewegung bemerkt. Ich stand auf, und bevor ich noch irgendetwas erkennen konnte, erklang eine sanfte Stimme:

»Danke für das Futter.«

In jener Vollmondnacht sah ich nur noch einen pelzigen Schwanz, der sich schnell Richtung Meer entfernte und im Gebüsch verschwand.

Jeden Abend stellte ich Futter vors Haus, und eines Tages hörte ich die Stimme wieder:

»Danke für das Futter.«

Diesmal war heller Tag, und ich sah das Tierchen zum ersten Mal – seine kleinen Pfoten, seine wundervollen goldbraunen Augen, die direkt in mein Herz blickten.

»Bist du ein wilder Fuchs?«, fragte ich.

»Ja, bin ich.«

»Und du hast keine Angst vor mir?«, fragte ich weiter.

»Überhaupt nicht. Der nette Fischer hat gesagt, dass du eine gute Seele bist.«

»Wie heißt du?«

»Weiß ich nicht«, antwortete der Fuchs. »Meine Freunde nennen mich mal so, mal so.«

»Hm.« Ich überlegte. »Darf ich Cheekee zu dir sagen? Als Koseform für etwas Kleines, Süßes?«

Cheekee starrte mich an.

»Aber so nennen mich auch die meisten meiner Freunde!«

Ich war sprachlos. Konnte das ein Zufall sein?

»Und wie heißt du?«, fragte Cheekee mich.

»Nenn mich einfach Träumer.«

In diesem Moment hätte ich mir niemals vorstellen können, wie sehr Cheekee mein Leben und meine gesamte Weltsicht verändern würde.

Das erste Jahr, das ich mit Cheekee verbrachte, war wie ein Leben im Wunderland. Alle Menschen haben Ängste und Sorgen, das ist unsere Bestimmung, es macht uns erst zu Menschen, doch immer wenn ich mit Cheekee zusammen war, verschwanden alle Sorgen aus meinem Kopf, zumindest für eine Weile. Dann ließ ich meine Gedanken einfach schweifen, während ich mit Cheekee einen Strandspaziergang machte und zusah, wie er umherrannte und, ohne Aussicht auf Erfolg, eine Möwe oder einen Pelikan jagte. In diesen Momenten beschäftigten mich nur die wirklich wichtigen Dinge im Leben.

Ich freute mich einfach daran zu beobachten, wie Cheekee an einem kleinen Loch schnüffelte und dann den Sand aufgrub – obwohl ich am Anfang keine Ahnung hatte, was Cheekee damit eigentlich bezweckte. Er grub immer tiefer mit seinen Pfötchen, schnüffelte wieder und wieder, bis das Loch so tief war, dass ich oft nur noch den buschigen Schwanz sah. Und wenn ich am wenigsten damit rechnete, kam er wieder aus dem Loch und legte sich davor, die Augen starr darauf gerichtet, die Ohren drehten sich wie Radarschirme, und der Schwanz wedelte von einer Seite zur anderen. Plötzlich tauchte dann wie aus dem Nichts ein Taschenkrebs auf, kampfbereit, die großen Scheren in Verteidigungsposition vor sich gestreckt. »Cheekee wird das arme Ding fressen«, dachte ich. Er war ein Wildtier, und ich müsste der Natur ihren Lauf lassen, ganz egal, wie traurig es mich machte.

Doch zu meinem Erstaunen blieb Cheekee einfach nur im heißen Sand liegen, während sich die angstvolle Krabbe langsam auf ihrer Fluchtroute zum Wasser bewegte. Cheekee tat nichts, er beobachtete nur, wie die Krabbe im Meer verschwand und sich in Sicherheit brachte.

Das wollte ich genauer wissen.

»Ich verstehe dich nicht, Cheekee«, sagte ich.

»Was verstehst du nicht?«

»Du gräbst zwanzig Minuten lang ein Loch, versuchst unerbittlich, das Versteck der Krabbe aufzuspüren, und wenn du sie endlich gefunden hast, lässt du sie einfach laufen!«

»Ich bin nicht hungrig.«

»Warum machst du es denn dann?«

»Zum Spaß! Ich spiele so gern mit Krabben.«

»Aber das ist leichte Beute!«, widersprach ich.

»Wieso soll ich ein Tier töten, wenn ich keinen Hunger habe? Wenn ich eine Eidechse fange oder einen kleinen Fisch finde, der angespült wurde, fresse ich sie, weil ich mich schließlich von etwas ernähren muss. Nur so kann ich am Leben bleiben. Aber Töten nur um des Tötens willen? Das ist grausam, und Grausamkeit liegt weder in meiner Natur noch in meinem Herzen.«

Mir verschlug es die Sprache. Cheekee hatte mir eine Lektion erteilt, die ich mein Leben lang nicht mehr vergessen werde. Es ist eine Sache, eine Naturdoku im Fernsehen anzusehen, etwas ganz anderes ist es, die Natur mit eigenen Augen zu sehen.

»Ich danke dir für das Futter, das Wasser und das Obdach«, sagte Cheekee. »Doch einen ganzen Tag lang komme ich damit nicht über die Runden. Ich weiß, dass du es absichtlich so machst, und dafür danke ich dir.«

»Wofür?«

»Dafür, dass du mich als das respektierst, was ich bin. Ich habe gesehen, wie du Vögel fütterst, gestrandete Möwen von Fischerhaken befreist, Schildkröten aus Netzen rettest, in denen sie sich verheddert haben. Die meiste Zeit hilfst du den Tieren. Ich weiß auch, dass du den alten Pelikanen und Seelöwen Gesellschaft leistest, wenn sie zum Strand kommen, weil ihr Leben zu Ende geht. Ich habe nie gesehen, dass du eine Ameise oder eine Spinne getötet hättest. Jedes Tier, das zu dir ins Haus kommt, ob groß oder klein, ist dir willkommen.«

»So bin ich eben«, sagte ich. »Das Leben ist der kostbarste Schatz, mit dem wir gesegnet sind. Keiner kann sich aussuchen, wo und als was er geboren wird, und deshalb muss man jedes Lebewesen achten, auch eine Ameise. Als mein Herz mir sagte, ich solle alles hinter mir lassen und hier, inmitten der Natur und direkt am Meer, ein neues Heim bauen, wusste ich nicht, was mich erwartete. Doch vor langer Zeit schon habe ich mir selbst das Versprechen gegeben, immer auf die Stimme meines Herzens zu hören. Und hier bin ich nun. Ich kam als Fremder in eine Welt, die bereits vor mir bestand, und musste mich in sie einfügen. Darum habe ich mich immer bemüht. Und inzwischen weiß ich, warum ich hierherkommen musste, denn ich habe hier meine Bestimmung gefunden.«

»Ich habe dich von ferne beobachtet, als du dein Haus gebaut hast. Du hast nur Altholz verwendet, abgestorbene Bäume, trockene Palmwedel und Bambus, den das Meer angespült hat.«

»Ja«, sagte ich. Ich könnte niemals einen Baum fällen. Wenn man einen Baum schlägt, tötet man nicht nur den Baum, sondern alles Leben darin. »Schon als Kind war ich so. Ich kam hierher, um mir ein Heim aufzubauen, nicht, um etwas zu zerstören. Ich achte die Schönheit, die ich hier finden durfte. Auch du warst schon hier, als ich kam. Ich bin nur Gast. Ich muss die Natur so respektieren, wie ich sie vorgefunden habe.«

Ich saß neben Cheekee im Sand.

»Schau dir die Hügel hinter uns an« sagte ich.

Der Fuchs drehte sich um.

»Und jetzt stell dir hundertmal höhere Hügel vor als diese da hinten.«

»Hundertmal größer?«

»Ja. An manchen Orten auf der Welt gibt es so riesige Berge. Weit entfernt liegt ein Gebiet, das sich Himalaja nennt. Dort leben auf solch hohen Bergen bescheidene, weise Menschen. Sie wissen, wie man in Frieden und Eintracht mit der Natur und den Tieren lebt, mit denen sie ihr Land teilen. Ich habe eine Menge gelernt, als ich bei ihnen war.«

»Was hast du gelernt?«, fragte Cheekee.

»Dass das Leben heilig ist, sei es das einer kleinen Ameise oder das eines großen Wals. Ich habe gelernt, dass ich nicht das Recht habe, etwas Lebendiges zu töten.«

»Das muss ein wunderbarer Ort sein«, fand Cheekee.

»Ja, es ist dort so schön wie hier in deiner Heimat, kleiner Freund«, sagte ich. »Die Menschen dort akzeptieren den natürlichen Lauf des Lebens, sie nehmen sich nur so viel von der Natur, wie sie zum Überleben brauchen.«

Cheekee rückte näher zu mir. »Ich wünschte, auf der ganzen Welt wäre es so wie dort!«

»Ich auch«, sagte ich. »Ich auch.«

Im Westen verschwand die Sonne gerade hinter dem Horizont und Wolken in allen Schattierungen bedeckten den Himmel. Cheekee spazierte wie jeden Tag am Strand entlang, um den Sonnenuntergang zu beobachten. Oft saß er auch lange im Sand und betrachtete den Vollmond.

»Oh, mein Träumer!«, sagte Cheekee ergriffen zu mir. »Du stehst der Welt ganz anders gegenüber als die meisten Menschen, und das gibt mir Hoffnung.«

»Wie meinst du das?«

»Ich habe viele Freunde, die dich gern kennenlernen würden – wenn du willst.«

»Was für Freunde?«

»Freunde, die du nicht sehen kannst, weil sie sich in der dunklen Nacht verbergen oder tagsüber still in ihrem Versteck verharren. Weißt du, sie haben alle Angst vor Menschen.«

»Warum?«

»Weil die Menschen ihre Heimat zerstört haben. Sie haben die Flüsse verschmutzt, wo die Tiere ihren Durst stillten. Sie haben die Bäume gefällt, wo sie einst Schutz fanden – es war ihr Zuhause! Und manchmal haben die Menschen sie einfach so, aus Spaß, umgebracht. Meine Freunde treffen sich neuerdings und beratschlagen. Sie betrachten die Menschen als ein Virus, das sich auf der Erde verbreitet und alles kaputtmacht, sogar andere Menschen tötet. Was die Menschen tun, verstößt gegen das wichtigste Naturgesetz. Wir begreifen nicht, warum ihr so handelt.«

Mir steckte ein Kloß im Hals.

»Verzeih mir, Cheekee, dass ich einer Art angehöre, die manchmal so grausam sein kann.«

»Ich muss dir nicht verzeihen, Träumer«, sagte Cheekee, »aber wenn du wahre Vergebung suchst ...«

»Dann?«

Cheekee kam ganz nah zu mir und berührte mich mit seiner kleinen Nase direkt über dem Herzen.

»Wenn du echte Vergebung suchst«, sagte er, »dann komm mit mir zu der Stelle, wo meine Freunde Schutz gefunden haben. Dort kannst du dir ihre Geschichten anhören und du wirst die Qualen verstehen, die sie erleiden. Vielleicht kannst du auf irgendeine Weise den Schmerz und das Leid bekannt machen, das die Menschen so vielen Tieren zufügen. Du kannst ja ein Buch darüber schreiben.«

»Woher weißt du, dass ich Schriftsteller bin?«, fragte ich.

Cheekee lächelte nur. »Wirst du etwas unternehmen?«, fragte er.

Eine Träne lief mir über die Wange.

»Ja, Cheekee. Ich tue es für dich.«

»Nein. Du sollst es für meine Freunde tun und für deine Menschen-Freunde. Hoffentlich kannst du damit allen klarmachen, was gerade mit unserer Welt geschieht. Sag ihnen, dass es noch nicht zu spät ist, dass es eine Möglichkeit gibt, wie alle

Lebewesen in Harmonie leben können, dass aber der Zeitpunkt, um das Gleichgewicht unserer empfindlichen Welt wiederherzustellen, schon bald verstrichen sein wird.«

Zweiter Teil

Anty

Eines Nachmittags kam ich nach dem Schnorcheln aus dem Wasser. Ich hatte alle möglichen bunten Fische gesehen, sie leben kaum fünfzig Meter vom Strand und von meinem Haus entfernt an einem großen Korallenriff, das ihnen Schutz und Nahrung bietet. Stachelrochen, Krabben und viele andere zauberhafte Meeresgeschöpfe.

Ich trat unter mein Sonnendach am Meer, wusch mir das Salz aus dem Gesicht, trank etwas Wasser und setzte mich auf einen der alten Rohrstühle, die dort stehen und dem salzigen Wind und dem Regen ausgesetzt sind. Doch der Stuhl war nach wie vor stabil, und mehr brauchte ich nicht. Nicht der karge materielle Besitz, den ich mit mir gebracht habe, zählt für mich, sondern nur die Natur, die mich umgibt und alles mit Magie überzieht.

Mit einem Lächeln dachte ich:

»Lebe ganz einfach, Träumer. Lebe für den Rest deines Lebens ganz einfach.«

Es war bereits dunkel, als ich einen buschigen Schweif erkannte und Cheekee auf mich zukommen sah. Ich freute mich, den kleinen Fuchs zu sehen.

»Hallo, Cheekee!«

»Hallo, Träumer. War's schön im Wasser?«

»Ja, wie immer, Cheekee. Es war gut, mal wieder in die Fluten zu tauchen und mit den Fischen zu schwimmen.«

Cheekee wedelte mit dem Schwanz und teilte meine Freude.

»Willst du einen Freund von mir kennenlernen, Träumer?«, fragte er.

»Na klar. Ich ziehe mir nur ein Paar Schuhe an, hole eine Taschenlampe und bin gleich wieder bei dir.«

Das tat ich und folgte Cheekee dann durch den nassen Sand.

Nach etwa zehn Minuten kamen wir zu einer Betonbrücke, die über die Landstraße führte. Unter der Brücke waren Buhnen aus Stein aufgeschichtet, denn in dieser Gegend können während der Regenzeit im Nu Sturzfluten wie aus dem Nichts entstehen. Die Buhnen sollen die Strömungsgeschwindigkeit des schlammigen Wassers verringern, das tonnenschwere Felsen, ausgerissene Bäume, Erdmassen und alle möglichen anderen Dinge mit sich führt.

»Wir sind da«, sagte Cheekee. »Wir müssen unter die Brücke.«

Vorsichtig schlichen wir durchs Gebüsch.

»Hier ist es. Anty?«

»Wer ruft nach mir?«, ließ sich eine laute, tiefe Stimme vernehmen.

»Ich bin's – Cheekee.«

»Hallo, Cheekee«, sagte der Ameisenbär.

»Ich habe einen Freund mitgebracht.«

»Na, hoffentlich ist es kein Mensch!«

Ich wurde ein wenig unsicher.

»Doch, Anty, es ist ein Mensch. Aber er ist anders als die meisten anderen. Ich bin schon eine Zeit lang mit ihm befreundet. Er würde dich gern kennenlernen.«

»Hi, Anty«, sagte ich.

Der Ameisenbär zögerte, mit einem Menschen zu reden, aber weil Cheekee dabei war, fühlte er sich schließlich sicher.

»Wie heißt du?«, fragte er mich.

»Nenn mich einfach Träumer.«

Cheekee näherte sich dem Ameisenbären und bat mich, ihm zu folgen. Im Licht meiner kleinen Taschenlampe sah ich nur ein großes Loch, das in die Erde gegraben war. Cheekee blieb stehen, ich tat es ihm gleich.

Zuerst kam eine lange Zunge, wie ich sie nie zuvor gesehen hatte, aus dem Loch. Sie war rosafarben und mit ihr prüfte der Ameisenbär die

Umgebung, indem er sie von rechts nach links und von oben nach unten bewegte und sogar kreisen ließ.

»Ich kann nichts Böses wittern«, sagte er dann. »Es riecht eher nach … Frieden.«

Ich lächelte. Ganz, ganz langsam kroch Anty schließlich aus seinem Bau. Erst sah man nur seinen langen, schmalen Kopf, dann folgte der Leib, der mit einem Pelz wie aus Drahthaar bedeckt war. Scharfe, kräftige Hornkrallen zierten die großen Vorderfüße.

Ich richtete die Taschenlampe auf eine Stelle ein Stück vom Ameisenbärenbau entfernt – und traute meinen Augen nicht! Überall lagen Plastikflaschen, Bierdosen, sogar Fischernetze. Der Gestank war infernalisch. Als würde der Ameisenbär auf einer Müllkippe hausen.

Als Anty schließlich ganz hervorgekommen war, stellte er sich dicht neben Cheekee. Er hatte immer noch ein wenig Angst vor mir.

»Keine Angst, Anty«, sagte Cheekee. »Er ist ein guter Mensch.«

Ich bückte mich und sah den Ameisenbären an.

»Warum lebst du ausgerechnet hier?«, fragte ich.

»Wohin sollte ich denn gehen?«

»Ich nehme an, die anderen Ameisenbären leben im Trockenwald hinter den Hügeln.«

»Warst du in letzter Zeit mal dort?«, fragte er mich.

»Ehrlich gesagt, nein.«

»Genau. Denn der Trockenwald, von dem du sprichst, ist schon lange verschwunden. Eines Tages kamen viele Menschen mit großen Maschinen und haben alle Bäume gefällt. Dann haben sie dort auf unserem angestammten Gebiet Kühe weiden lassen, und weil wir für die Rinder eine Gefahr darstellen, haben sie angefangen, uns zu jagen. Sogar die trächtigen Weibchen haben sie umgebracht! Nur wenige von uns haben überlebt. Wer fliehen konnte, lebt nun an Orten wie diesem und versteckt sich vor den Menschen. Wenigstens finden wir hier Ameisen, damit wir überleben können.«

Tränen stiegen mir in die Augen. Dieses schöne Tier hatte niemandem etwas getan, dennoch musste es furchtbar leiden und lebte mehr schlecht als recht. Es fügte sich in sein Schicksal, doch die Traurigkeit in seinen Augen machte mich schaudern.

Später sollte ich erfahren, dass dies nur die erste von vielen traurigen Geschichten war, die ich noch zu hören bekommen sollte in diesem, wie ich bisher geglaubt hatte, unberührten Paradies.

Maggie

Eines frühen Morgens saß ich auf der Veranda und trank köstlichen, frisch gebrühten Kaffee. An diesem Ort waren vor fast drei Jahren all meine Träume wahr geworden, hier, wo ich so sein konnte, wie ich wirklich war. Kein Tratsch, kein Konkurrenzdenken, keiner, der mich verurteilte. Nur der Klang der Natur in vollkommener Harmonie.

»Träumer, komm schnell!«, hörte ich.

Ich sprang auf und sah Cheekee am Strand vor meinem Sonnendach. Ich lief zu ihm und fragte:

»Was ist passiert, Cheekee?«

»Da ist Maggie, die Schwarze Meeresschildkröte – sie ertrinkt!«

Cheekee blickte aufs Meer hinaus. Etwa zwanzig Meter vom Strand entfernt erkannte ich einen kleinen Kopf, der immer wieder die Wasseroberfläche durchbrach und verzweifelt nach Luft schnappte.

Ich hatte keine Zeit, meine ganze Taucherausrüstung anzuziehen, also nahm ich nur meine Handschuhe und rannte ins Wasser. Kurz darauf war ich an besagter Stelle und sah das Tier.

Es war eine mächtige Meeresschildkröte, sie wog bestimmt achtzig Kilo. Mit letzter Kraft hielt sie ihren Kopf über Wasser, um zu atmen. Ich holte tief Luft und tauchte unter ihr hindurch. Sie hatte sich vollständig in einem Stück Schleppnetz verfangen und bereits einige Wunden an Vorder- und Hinterfüßen, wo die kräftige Nylonschnur sich tief eingeschnitten hatte, während sie verzweifelt dagegen ankämpfte unterzugehen.

Ich tauchte wieder auf, nahm den Kopf der Schildkröte und streichelte sie. Ich spürte, wie ihre Panik langsam nachließ, als würde sie wissen, dass ich gekommen war, um ihr zu helfen. Doch an ihren Augen erkannte ich, dass kaum mehr ein Fünkchen Leben in ihr steckte, also tauchte ich wieder unter und versuchte, das Netz zu entfernen. Stellenweise ging es leicht, doch an anderen Stellen war das schöne Geschöpf ganz in den Maschen gefangen.

Ich konnte nicht zurückschwimmen, um richtiges Werkzeug zu holen, mit dem sich das Netz durchschneiden ließ – die Zeit lief mir davon. Also versuchte ich mit meinen behandschuhten Händen, die Schnüre zu zerreißen, die das Tier festhielten. Mitunter riss ich auch mit den Zähnen daran, ich versuchte es wieder und wieder, bis die Fasern schließlich brachen. Ich merkte nicht mal, dass meine Hände und mein Mund bluteten. Das Netz verletzte auch mich, und kurz spürte ich, was die prachtvolle Schildkröte spürte – einen langen, schmerzhaften Todeskampf.

Doch ich musste es weiter versuchen. Ohne mich um den Schmerz zu kümmern, riss, zog und zerrte ich mit Zähnen und Händen an der Nylonschnur. Es raubte mir schnell die Kraft, überall war Blut, mein Blut und das Blut der Schildkröte.

»Nur nicht aufgeben!«, sagte ich zu dem Tier, das dem Tode nahe war. »Wir schaffen das!«

Doch tief in meinem Inneren hatte ich kaum noch Hoffnung …

Auf einmal kam meine Lebensgefährtin Eca, die Liebe meines Lebens und meine Seelenverwandte. Sie saß auf dem Surfbrett, hatte unser größtes Küchenmesser und eine Schere dabei.

»Los, Liebster!«, sagte sie. »Kümmere du dich um das Netz, und ich versuche so lange, die Schildkröte zu halten und zu beruhigen.«

Sachte paddelte Eca auf dem Surfbrett zu der Schildkröte und hielt ihr den Kopf, während ich mit dem Messer das Netz durchschnitt, das sie gefangen hielt. Um die Schnüre zu kappen, die sich schon ins Fleisch geschnitten hatten, musste ich die Schere nehmen, damit ich nicht noch mehr Schaden anrichtete. Ich spürte, wie das arme Tier zitterte, wenn ich ein Stück Schnur aus der wunden Haut zog. Doch ich machte immer weiter, während meine schöne Frau den Kopf der Schildkröte über Wasser hielt.

Ich weiß nicht mehr, wie lange es dauerte, bis wir das verängstigte Tier aus dem Netz befreit hatten. Doch schließlich schnitt ich die letzte Schnur durch und die Schildkröte war frei. Sie war vollkommen erschöpft.

Aber ich konnte sie noch nicht gehen lassen. Einige Wunden waren sehr tief und mussten desinfiziert werden. Ich sah die Schildkröte an und sagte:

»Hab keine Angst. Wir müssen dich jetzt zum Strand bringen; dort versorgen wir deine Wunden, und du kannst wieder Kräfte sammeln.«

Ich hörte Cheekee vom Strand rufen:

»Vertrau ihnen, Maggie!«

»Maggie?«

»Mit wem redest du?«, fragte Eca.

»Das ist jetzt egal«, sagte ich. »Wir müssen das Tier an Land bringen. Schwimm mit dem Surfbrett voraus und warte im Schatten auf mich. Und hol bitte feuchte Handtücher und Alkohol, wir müssen die Wunden versorgen.«

»Wird gemacht!«, sagte sie und paddelte gleich zum Strand zurück.

»So, Maggie, wir müssen jetzt auch zum Strand«, sagte ich.

»Ist Cheekee dort?«

Ich lächelte. »Ja, klar.«

»Dann ist alles gut«, sagte die Schildkröte. »Hilf mir, ich kann mich kaum noch bewegen.«

»Natürlich helfe ich dir, Maggie. Vertrau mir einfach, ja?«

»Ja.«

Ich drehte Maggie in Richtung Strand. Dann schwamm ich hinter sie und schob so stark, wie ich konnte. Meine blutenden, schmerzenden Hände brannten wie Feuer.

Mithilfe der sanften Dünung erreichten wir schließlich den Strand, wo Eca bereits mit den feuchten Handtüchern wartete.

Wir umwickelten die Vorder- und Hinterfüße und den Kopf der Schildkröte, damit die Sonne sie nicht verbrannte. Dann schoben wir zwei kräftige Stecken unter das Tier, hoben es an und trugen es in den Schatten.

»Bespritze sie immer wieder mit frischem Wasser, Liebste«, sagte ich zu Eca, »aber achte darauf, dass nichts in ihre Nasenlöcher gerät. Sie könnte ersticken.«

»Ja, mache ich.«

In diesem Augenblick merkte ich, dass Ecas Stimme eine beruhigende Wirkung auf die Schildkröte hatte – sie konnte Ecas Liebe spüren.

»Maggie, alles okay bei dir?« Cheekee war auf den Holztisch unter dem Sonnendach gesprungen, wo wir die Schildkröte abgesetzt hatten.

»Ja, Cheekee, es geht mir besser. Ich bin müde, aber es geht mir besser. Danke, dass du mir das Leben gerettet hast.«

Cheekee wedelte freudig mit dem Schwanz.

»Ich liebe dich, Maggie«, sagte er.

»Ich liebe dich auch, Cheekee«, erwiderte Maggie.

Wir strichen antibiotische Heilsalbe auf Maggies offene Wunden. Die prächtige Schildkröte hielt dabei ganz still. Sie wusste tief in ihrem Herzen, dass wir ihr helfen wollten, und da Cheekee an ihrer Seite war, fühlte sie sich sicher.

Wir ließen Maggie allein, damit sie sich erholen konnte, während Eca sich um die Wunden an meinen Händen und an meinem Mund kümmerte. Nach ein paar Stunden, es war kurz vor Sonnenuntergang, gingen wir wieder zu ihr.

Sie war wach und sah schon sehr viel munterer aus. Wir fütterten sie mit ein wenig püriertem Fisch und Algen und gaben ihr Wasser. Sie verschlang alles mit großem Appetit.

»Warum?«, fragte Maggie.

»Warum was?«

»Warum hast du dein Leben aufs Spiel gesetzt, um mich zu retten?«

»Wir konnten dich doch nicht einfach sterben lassen. Das hätten wir uns niemals verziehen. Schließlich haben wir Menschen dir das angetan.«

»Also gibt es noch Hoffnung …«

»Hoffnung?«

»Ja«, sagte Maggie. »Die Hoffnung, dass ihr Menschen langsam einseht, dass ihr euch selbst nur retten könnt, indem ihr andere Geschöpfe rettet.«

»Wie meinst du das?«

»Mutter Erde ist sehr wütend auf euch. Sie muss zusehen, wie ihr nach und nach alles kaputt macht, was sie in so langer Zeit erschaffen hat. Es ist nur noch eine Frage von Jahren, bis …«

»Was?«

»Wenn ihr eure Einstellung gegenüber der Schöpfung nicht ändert, wird Mutter Erde euch früher oder später von ihrer Oberfläche verbannen. Und glaub mir, sie wird dabei nicht mal mit der Wimper zucken.«

Als ich am nächsten Morgen aufwachte, waren meine Gedanken sofort bei Maggie. Meine Hände schmerzten noch ein wenig von den Schnitten, aber dank Ecas liebevoller Pflege ging es mir gut.

Ich ging zum Sonnendach am Strand – Maggie war weg.

»Keine Sorge«, sagte Cheekee. »Sie ist heute Morgen ganz früh aufgebrochen. Ihre Wunden sind verheilt, sie ist weggeschwommen und jetzt in Sicherheit.«

»Wie schön!«, sagte ich.

»Sie hat mich gebeten, dir zu danken für das, was du für sie getan hast. Sie konnte sich nicht selbst verabschieden, aber sie hat dir einen Gruß hinterlassen.«

»Was für einen Gruß?«

»Geh an den Strand und sieh selbst!«

Ich folgte der Spur, die Maggie auf dem Weg ins Wasser hinterlassen hatte. Genau vor dem Wassersaum erkannte ich ein Zeichen im Sand und konnte es nicht glauben: Es war ein Herz, ein Herz, das Maggie in den Sand gezeichnet hatte.

Sebastian

Eines Morgens, als ich in meinem kleinen Paradies auf Erden auf der Veranda saß, bemerkte ich eine Möwe, die sich mühsam meinem Häuschen näherte. Aus der Ferne konnte ich nicht erkennen, was mit ihr los war, doch als sie herankam, sah ich, dass ihr Federkleid mit Blutflecken bedeckt war. Sie konnte kaum laufen und war überhaupt sehr geschwächt. Ich lief zu dem Vogel, und sein Anblick ließ mich schaudern. Die arme Möwe war übersät mit Angelhaken, die ihr im Leib und in den Flügeln steckten, zum Teil waren sie vollständig durch die Haut gedrungen. Ich hob das zarte Tier auf und trug es in den Schatten.

»Hilf mir!«, flehte es mich an.

Sofort holte ich eine Zange sowie abgekochtes Wasser und Heilsalbe. Ich bat meine Frau, die Möwe zu halten, während ich mich daranmachte, die Haken herauszuziehen, obwohl ich wusste, dass es dem schönen Vogel unerträgliche Qualen bereiten würde.

Die Möwe bewegte sich nicht, sie sah mich nur an und sagte:

»Tu's!«

»Es wird dir wehtun«, sagte ich.

»Ich weiß. Aber wenn du mir nicht hilfst, werde ich sterben.«

Also versuchte ich, nicht darüber nachzudenken, was ich da gerade tat, und begann, ganz vorsichtig den ersten der acht Angelhaken herauszuziehen, die den weißen Vogel fast umgebracht hätten.

»Einer ist geschafft«, sagte ich. »Machen wir weiter. Du musst ganz tapfer sein und stillhalten.«

Eca hatte bereits mit Alkohol getränkte Wattebäusche und die Heilsalbe parat, und sobald ein Haken entfernt war, desinfizierte sie gleich die Wunde, spülte sie aus, trocknete sie und gab Salbe darauf. Mir war, als würde ich die Haken aus meinem eigenen Körper ziehen, aber es hatte keinen Sinn, mich von Mitleid und Schmerz ablenken zu lassen. Nacheinander entfernten wir die Haken, und als wir fertig waren, war die Möwe ohnmächtig geworden. Wir legten sie in unser Bett, bedeckten sie mit einem angewärmten Handtuch und ließen sie schlafen.

»Danke, Träumer.«

»Cheekee!«

»Ab jetzt übernehme ich. Ruht euch aus, ich sage euch Bescheid, wenn die Möwe aufwacht.«

Ich weiß nicht, wie lange wir geschlafen haben.

Irgendwann spürte ich, wie mich jemand mit einer warmen kleinen Nase anstupste. Ich schlug die Augen auf und meinte, in das Antlitz eines Engels zu blicken, aber es war nur Cheekee, dessen schöne Augen golden und voller Frieden leuchteten.

»Sebastian ist wach.«

»Sebastian? Wer ist Sebastian?«, fragte ich.

»Die Möwe, die du gerettet hast. Es geht ihr schon viel besser. Kommt mit.«

Eca und ich gingen mit Cheekee nach unten. Die Möwe stand auf dem Holztischchen vor dem Haus und nahm ein kräftigendes Sonnenbad.

»Sebastian wollte sich von dir verabschieden, bevor er weiterzieht.«

Wir setzten uns an den Tisch. »Hallo, Sebastian«, sagte ich.

»Hallo, Träumer.«

Meine Frau konnte es nicht glauben!

»Danke, dass ihr meine Wunden versorgt habt. Ohne eure Hilfe wäre ich bestimmt gestorben.«

»Gern geschehen!«

Sebastian ging zu meiner bezaubernden Eca und schmiegte sich an sie. Eca nahm ihn mütterlich in den Arm.

»Darf ich dich etwas fragen?«

»Natürlich.«

»Warum gibt es so viele Menschen, die uns töten,

manchmal sogar ohne es zu merken? Wir haben ihnen doch nichts getan.«

Eca war den Tränen nahe.

»Ich glaube, das liegt daran, dass wir uns für so klug halten. Wir fühlen uns wie Götter und meinen, dieser Planet würde uns allein gehören.«

»Das ist aber nicht so! Überhaupt nicht!«, sagte Sebastian. »Indem ihr uns umbringt und die Natur zerstört, zerstört ihr euch nur selbst.«

»Ich weiß.«

»Aber dann, als ich Hilfe brauchte und fast gestorben wäre, hat Cheekee gesagt, ich soll zu euch gehen, obwohl ich schon immer Angst vor Menschen hatte. Doch Cheekee bestand drauf, er sagte, dass es ein paar Menschen gibt, die sich ändern und die Respekt vor der Schöpfung haben. Und er hatte recht.«

Ich wusste nicht, was ich sagen sollte.

»Du musst nichts sagen, Träumer. Deine guten Taten und die Taten deiner geliebten Frau sprechen für sich. Danke für alles. Ich werde nie vergessen, was ihr für mich getan habt. Niemals.«

»Siehst du, Sebastian, es gibt also doch noch Hoffnung«, meinte Cheekee.

»Ja, das weiß ich jetzt«, sagte Sebastian.

Die Möwe blickte meiner Frau liebevoll in die Augen.

»Gesegnet seist du.«

Sie strich Eca mit dem Flügel übers Gesicht, sah

mich ein letztes Mal an und flog dann aufs Meer hinaus, wo andere Möwen uns schon seit Stunden beobachteten …

Herr Krebs und das gesunkene Boot

Im Meer vor meinem Haus lag ein altes Fischerboot, das anscheinend aufgegeben worden war. Bei ruhiger See schwamm ich gern dorthin und freute mich daran, wie die Natur selbst an Orten, wo man es gar nicht erwartete, Wunder vollbrachte.

Das Boot war an die sechs, sieben Meter lang und hatte schon bessere Zeiten gesehen, doch ein rostiger Anker im Meeresgrund hielt es fest an seinem Ort. Ich konnte problemlos darunter hindurchtauchen und beim Schnorcheln eine ganz eigene Welt entdecken. Seepocken klebten an den morschen Bootsplanken, und außen am Unterboden hatten Korallen und Seeanemonen eine Heimat gefunden. Kleine, wunderschön blaue und schillernd gelbe Fische schwammen dort im Schutz des Korallengebüschs umher. Einmal sah ich sogar Seepferdchen, die sich durch ihre Mimikry perfekt an die Farbe der grünen Algen anpassten, zwischen denen sie lebten.

Jedes Mal, wenn ich bei dem alten Boot schnorchelte, erlebte ich ein anderes Abenteuer und stellte fest, wie das Leben überall frisch erblühte, wenn man die Schöpfung sich selbst überließ.

Eines Nachts peitschte eine schwere Brandung die Küste und bescherte mir am nächsten Tag tolle Wellen zum Surfen. Ich holte meine Ausrüstung und wollte schon ins Wasser gehen, als mich auf einmal das Gefühl überkam, dass etwas nicht stimmte. Zuerst konnte ich gar nicht sagen, was es war, doch dann bemerkte ich, dass am Horizont etwas fehlte.

Das alte Boot war nicht mehr da.

Ich vermutete, dass die Fischer es wegen des Seegangs vielleicht eingeholt hätten, doch als ich zum Strand kam, entdeckte ich ein paar morsche Holzplanken und schwarze Ölflecken im Sand.

Und da wurde mir klar, was geschehen war.

Bei der hohen Vollmond-Flut in dieser Nacht war der Pegel so sehr gestiegen, dass der Anker das Boot nicht mehr hatte halten können. Es hatte sich losgerissen, war vollgelaufen und schließlich gesunken. Das machte mir große Sorgen, denn nun konnten die gefährlichen Substanzen des Bootes ins Wasser gelangen: das Motorenöl, die Batteriesäure und auch der Teer, mit dem die Außenhaut zum Schutz gegen das Salzwasser verpicht war. Doch ich konnte nichts dagegen machen. Wegen des starken Wellengangs konnte ich nicht zu der Stelle tauchen, wo das Boot vor Anker gelegen hatte, außerdem war das Wasser trüb und aufgewühlt, sodass ich unter Wasser nichts sehen konnte. Ich musste warten.

Zwei Tage später ging die Flut zurück, die See war wieder ruhig. Ich tauchte dort, wo das Boot gesunken sein musste, etwa zehn, fünfzehn Meter in die Tiefe.

Überall sah ich tote Fische. Ich begriff sofort: Die Säure aus der Batterie, mit der der Motor gezündet wird, war ausgelaufen und hatte alles Leben um das gesunkene Boot herum ausgelöscht. Durch das Öl, das aus dem Motor ins Meer gewaschen wurde, war alles schlierig. Es stieg an die Wasseroberfläche, und sobald es an den Strand gelangte, verklebte es die Augen der kleinen Taschenkrebse, die dort lebten, schlug sie mit Blindheit und verurteilte sie damit zu einem langsamen, grausamen Tod. Ihre Qualen machten mir das Herz schwer. Ich fühlte mich ganz hilflos und stellte mir immer wieder dieselbe Frage: Warum nur?

Doch ich durfte dieses Unglück nicht einfach hinnehmen, ich musste versuchen, sie zu retten. Also brachte ich so viele Krabben, wie ich finden konnte, zum Haus, und meine Frau half mir, ihre Augen mit Watte und einem Bio-Spülmittel zu reinigen. Wir behandelten einen nach dem anderen, bis jeder der kleinen Taschenkrebse wieder sehen konnte. Dann setzte ich sie in eine Schachtel und trug sie zum Strand, weit weg von der Öllache. Sie krabbelten ins Wasser, während wir uns abmühten, den öligen Sand wegzuschaufeln.

Auf einmal kam der größte Taschenkrebs zu uns zurück, neben ihm lief Cheekee.

»Herr Krebs möchte sich bei euch bedanken«, sagte er.

»Gern geschehen, Herr Krebs.«

Ich könnte schwören, dass ich das schöne rote Tier mit seinen kristallklaren Augen lächeln sah! Es berührte mich mit seiner Schere, ging dann seitwärts zu Eca und blieb kurz bei ihr sitzen. Schließlich lief es ins Meer zurück.

Und auch Eca lächelte. Das schönste Lächeln, das ich je gesehen habe!

An diesem Abend ging ich zum Strand, direkt bis an den Wassersaum, und weinte. Ich kam mir so ohnmächtig vor. Egal, wie oft ich den Sand, das Wasser, die Erde von all diesen Giften befreite – es käme immer nur noch mehr Gift von den Menschen. Mir war, als hätte ich den Krieg verloren, lange bevor die erste Schlacht überhaupt begonnen hatte. Die Verzweiflung, die ich verspürte, verschlug mir den Atem. Psychisch und physisch komplett erschöpft legte ich mich in den Sand und schloss die

Augen. Als ich sie wieder aufschlug und die Myriaden von Sternen über mir sah, sehnte ich eine Sternschnuppe herbei, nur damit ich mir etwas wünschen dürfte und all das Schlimme, das ich mit ansehen musste, ein für alle Mal vorüber wäre. Ich suchte verzweifelt nach einer letzten Möglichkeit, das Leben all jener zu retten, die sich selbst nicht schützen können.

In dieser Nacht fand ich keinen Schlaf. Immer wenn ich die Augen schloss, sah ich die fürchterlichen Szenen vor mir, die ich seit fast einem Monat miterleben musste: Schmerz, Trauer, Grausamkeit, Irrsinn. Ich hatte gedacht, ich hätte einen Ort gefunden, einen von Menschen unverdorbenen, ursprünglichen Ort, wo ich der Selbstsucht und der Gier meiner Spezies entfliehen könnte. Doch ich hatte nicht geahnt, dass es ganz gleichgültig ist, wie weit ich die Welt, aus der ich komme, hinter mir lasse und wie sehr ich versuche, in vollkommenem Einklang mit der Natur zu leben – denn die Meeresströmungen, die Flüsse, all das Regenwasser, das schließlich in die Ozeane fließt, ja sogar die lieblichen Hügel hinter meinem »Fenster zur Sonne« erinnern mich immer daran, dass nicht allzu weit von diesem wunderbaren Ort entfernt viele Menschen dabei sind, unseren Planeten in rasender Geschwindigkeit zu zerstören. Plastikflaschen, Gifte aus Hunderte von Kilometern entfernten Minen – Quecksilber, Arsen, Schwefelsäure –

werden dennoch von dem kleinen Bach, der nur ein paar Schritte von meinem Haus entfernt verläuft, bis zu mir getragen. Die Meeresströme, die von Süden nach Norden fließen, bringen den Dreck aus der offenen Müllgrube, in die die Menschen alles hineinwerfen, was sie nicht mehr brauchen, hierher: kaputte Fischernetze, Plastikteile, Pappe, Holz mit rostigen Nägeln, ja mitunter auch Motorenöl und Ölfilter!

In diesem Moment wurde mir bewusst, dass uns Menschen die Zeit davonläuft.

Dritter Teil

Irgendwann muss ich dann doch eingeschlafen sein, denn das Nächste, an das ich mich erinnere, war das Gefühl einer kleinen Zunge, die mich an der Nase kitzelte und sanft weckte. Ich schlug die Augen auf.

»Hallo, Träumer.«

»Hallo, Cheekee.«

Der Vollmond stand wie ein leuchtender roter Blutball am Himmel, erhellte die Nacht und ließ das Meer funkeln wie Gold. Ich wusste, dass Cheekee den Schmerz und die Schuldgefühle, die mich quälten, in meinen Augen lesen konnte und mich verstand. Am liebsten hätte ich ihn, dieses reine, unschuldige, natürliche Wesen, einfach nur in den Arm genommen und gehalten, um so etwas Trost zu finden.

Doch als ich mich aufsetzte und mir den Sand aus den Augen und dem Gesicht rieb, sah ich, dass Cheekee nicht allein war. Da waren auch Anty, der Ameisenbär, Herr Krebs, Sebastian, die Möwe, die wir von den Angelhaken befreit hatten, und sogar Maggie, die Schwarze Meeresschildkröte, die wir aus den Fischernetzen gerettet hatten.

Als sich meine Augen an das Dämmerlicht gewöhnt hatten, erkannte ich noch mehr Geschöpfe. Ich sah all die Vögel, die wir in meinem Haus immer fütterten und tränkten, so auch Sonne und Mond, die beiden schönen leuchtend gelben Vögel, die mit mir sprachen, ja auch die Eidechsen und Geckos, die frei durchs Haus streiften. Plötzlich lief mir etwas übers Bein – Fabian, die kleine Maus, der wir im Hof meines Häuschens Zuflucht boten. Taschenkrebse umringten uns, als würden sie darauf warten, dass etwas geschah. Von den wogenden Hügeln hinter meinem »Fenster zur Sonne« kamen Wildziegen und Esel herunter.

Eca lief aus dem Haus.

»Was ist hier los?«, fragte sie.

»Ja, was ist los, Cheekee?«, fragte ich den Fuchs.

»Nur Geduld. Das wirst du gleich sehen.«

Ich meinte, den Gesang eines Buckelwals zu hören ... Ja, etwa zwanzig, dreißig Meter vom Strand entfernt schwamm tatsächlich ein Wal, umgeben von Delfinen. Große Mantarochen und sogar zwei Walhaie tollten im Wasser – all die wundervollen Meeresbewohner, mit denen ich immer schwamm. Pelikane und andere Seevögel landeten im Sand. Alle waren sie bei mir, während die Fische und Meeressäuger uns vom Wasser aus beobachteten.

Kurz hatte ich den Eindruck, die Erde würde erzittern wie bei einem Erdbeben.

»Kein Angst!«, sagte Cheekee. »Es ist alles in Ordnung, Träumer.«

Mit einem Mal färbten sich die Wellen, die sich am Strand vor meinem Haus brachen, in einem magischen lumineszierenden Blau, das ich schon öfter gesehen hatte. Doch mir fiel noch etwas anderes auf: In der rauschenden Brandung hörte ich eine Art himmlischer Musik. Zuerst war sie kaum wahrnehmbar, doch sie wurde lauter und lauter. Und dann verwandelten sich diese süßen Klänge, so rein und glockenhell, wie sie sonst nur die zarten Stimmen der Kinder zustande bringen, diese Melodie, so einzigartig und so überirdisch, dass sie klang wie ein Engelschor – diese Musik verwandelte sich nach und nach in Worte, die man nicht schreiben und lesen, sondern nur spüren konnte. Plötzlich fühlte ich mich wie das Kind, das ich einst gewesen war, und endlich verstand ich: Es war die Sprache der Wahrheit.

»Ja, Träumer«, sagte Fabian, der nun auf meiner Schulter saß und mir ins Ohr flüsterte, »endlich erinnerst du dich an alles.«

»Ja.«

Eca hielt meine Hand.

Dann wehte ein heftiger Wind von den Bergen herab, der immer stärker wurde. Doch dieser Wind kam von weiter her als nur von den Hügeln, die mein »Fenster zur Sonne« zum Landesinneren hin beschirmten, und er wurde zu einer lauten Stimme. Auch er war die Sprache der Wahrheit, doch anders als die Stimme des Meeres, die männlich und väterlich war, hatte er einen mütterlichen Klang. Sogar die Palmen vor dem Haus schienen aufmerksam zu lauschen.

Plötzlich stand mir eine Erkenntnis klar vor Augen: Auch wir Menschen waren nur weitere natürliche Geschöpfe, die diesen kostbaren Planeten Erde bewohnten. Alle Sorgen, die meine Sinne belasteten, all die Schwere, die mich bedrückte, weil ich Teil einer Spezies war, die sich für die Krone der Schöpfung hielt, für die intelligentesten Wesen der Erde, fiel von mir ab. Ich war in vollkommenem Frieden und eins mit dem Universum und mit all den Tieren und Pflanzen, die mich umgaben. Ich war einfach nur wieder ein Lebewesen und kein arroganter Mensch mehr.

Ich sah, wie Cheekee respektvoll den Kopf beugte.

»Hallo, Mutter Erde, hallo, Vater Ozean. Danke, dass ihr gekommen seid.«

»Ihr seid uns immer willkommen«, sagten Vater Ozean und Mutter Erde.

»Erinnert ihr euch an den Tag, als ihr zu allen Geschöpfen auf der Welt gesagt habt, dass euch wohl nichts anderes übrig bleiben wird, als das

Virus loszuwerden, das sich Menschheit nennt, weil es alles kaputt macht, was ihr in so langer Zeit geschaffen habt?«

»Ja, wir erinnern uns. Aber habt keine Angst. Wenn die Zeit gekommen ist, werdet ihr wissen, was zu tun ist. Wir werden überall auf der Erde Orte auswählen, an denen ihr Zuflucht findet, euch wird nichts geschehen. Die Menschen aber werden schon bald von der Erde verschwinden, denn sie halten sich mittlerweile für Götter und meinen, dieser Planet gehöre nur ihnen, obwohl es in Wahrheit niemals so war – die Erde war nur ein Geschenk an die Menschen, damit sie sich entwickeln und den Zauber der Schöpfung erleben konnten.«

Ehrfürchtig setzte Cheekee sich und sagte:

»Ich weiß, dass ich nicht das Recht habe, euch zu sagen, was ihr tun sollt. Doch vor einiger Zeit habe ich zwei liebe Menschen kennengelernt. Sie sind wie der Fischer, der schon lange hier lebt, der sich nur so viel nimmt, wie er zum Überleben braucht, und der dankbar dafür ist, am Leben zu sein. Diese beiden Menschen wohnen in einem Haus, das sie gebaut haben, ohne die Umgebung zu zerstören. Sie kommen von weit her, aus unterschiedlichen Ecken der Welt. Wir haben sie beobachtet. Die Frau macht Fotos, und der Mann schreibt nachts. Nie haben wir gesehen, dass sie ein Lebewesen getötet hätten, nicht mal eine Ameise oder ein anderes Insekt. Und wenn wir sie um Hilfe gebeten haben, waren sie immer für uns da.«

»Das stimmt«, sagte Fabian, die Maus. »Es ist das erste Mal, dass Menschen mir ein Heim geben und mich lieben, anstatt mich töten zu wollen.«

»Fabian sagt die Wahrheit«, meldete sich nun Schildkröte Maggie zu Wort. »Als die beiden bemerkt haben, dass ich fast ertrunken wäre, weil ich mich in Netzen verheddert hatte, ließen sie alles stehen und liegen und eilten mir zu Hilfe. Dabei haben sie sogar ihr eigenes Leben aufs Spiel gesetzt. Sie gaben mir Sicherheit, die Frau hat mich beruhigt, der Mann, der Träumer, hat mit den Händen die Schnüre durchgerissen, die mich gefangen hielten. Er blutete, aber sie haben nicht aufgegeben, bis sie mich vor dem sicheren Tod gerettet hatten. Dann haben sie mich an Land gebracht und meine Wunden versorgt.«

»Das stimmt alles«, sagte nun Möwe Sebastian. »Auch mich haben sie gerettet, als ich zu ihnen kam und um Hilfe flehte.«

»Das ist wirklich wahr«, sagte Anty. »Seit sie den Ort gesehen haben, wo ich lebe, kommen sie immer, räumen den Müll auf und kümmern sich darum, dass es mir gut geht und ich in Sicherheit bin. Sie haben aus meinem Dreckloch ein schönes Heim gemacht, wo ich mich nun wohlfühle. Und das alles haben sie getan, ohne eine Gegenleistung dafür zu verlangen. Ich habe den Mann weinen sehen, als ich ihm erzählte, wie meine Freunde umgebracht worden sind.«

»Und für uns gibt es immer frisches Wasser, das wir sonst nirgendwo mehr finden«, sagten Sonne und Mond, und die anderen Vögel stimmten zu.

Für einen kurzen Moment trat tiefes Schweigen ein. Es war, als hätte der Wind aus den Bergen aufgehört zu wehen und die Brandung innegehalten. Mutter Erde und Vater Ozean schienen sich zu beraten, aber nicht einmal die wundervollen Geschöpfe um uns herum konnten verstehen, was sie zueinander sagten.

Doch mit einem Mal hob der Wind von den Bergen wieder an.

»Also, Cheekee, was willst du sagen?«, fragte Mutter Erde.

»Ja, Cheekee, was möchtest du von uns?«, fragte Vater Ozean.

Wieder senkte Cheekee voller Ehrfurcht den Kopf.

»Ich wollte euch nur bitten, nicht zu vergessen, welche Macht der Vergebung innewohnt. Ich habe früher auch so gedacht wie ihr, aber ich habe auch davon geträumt, dass eines Tages Menschen kommen und uns zeigen werden, dass es noch nicht zu spät ist, dass sie sich ändern können. Und mein Traum wurde wahr. Die beiden hier haben mir erzählt, dass es überall auf der Welt anständige und herzliche Menschen gibt, die die Natur respektieren und anfangen, einen Teil des Schadens wiedergutzumachen, den sie bereits angerichtet haben. Eine neue Generation wächst heran, die mit uns und mit der ganzen Schöpfung in Einklang leben möchte. Ich bitte euch also um Vergebung für die Menschen, um eine zweite Chance, damit sie die Dinge wieder zurechtbiegen können. Ich bitte euch, die Hoffnung nicht aufzugeben.«

Die Erde hörte auf zu beben, kein einziges Geräusch war mehr zu hören. Als wäre die Zeit einen Augenblick lang stehen geblieben ... Auch der Ozean lauschte. Dann sagte er zu Cheekee:

»Du bist ein wunderbares Geschöpf, Cheekee! Vergebung. Hoffnung. Du weißt, dass wir wahrlich große Geduld hatten und unser Entschluss nicht leichtfertig war. Dennoch hast du dich heute mit all deinen Freunden hier versammelt, von denen die meisten so sehr gelitten haben, du bittest um Verzeihung und sagst uns, dass wir weiter hoffen sollen. Sei gesegnet, du kleiner wilder Fuchs.«

»Du hast recht, Cheekee«, fiel nun Mutter Erde ein. »Wenn wir nicht bereit wären, zu hoffen und zu vergeben, wären wir so grausam wie die Menschen, und das wollen wir nicht. Aber wir werden sie im Auge behalten. Sag deinen Menschen-Freunden, dass dies nun ihre letzte Chance ist.«

Ich kam mir hilflos und unbedeutend vor. Ich nahm Eca in den Arm.

So viele Emotionen tobten in meinem Herzen

und Tränen stiegen mir in die Augen. Weinen ist eine sehr ursprüngliche Reaktion, die andere verlegen macht. Es ist viel einfacher, nur zu erröten oder ein schüchternes Lächeln aufzusetzen. Dennoch hat auch das Weinen, diese offene und freie Gefühlsäußerung, ihre eigene Daseinsberechtigung, und so ließ ich meinen Tränen freien Lauf.

»Wir werden unser Menschenmöglichstes versuchen«, sagte ich. »Das ist ein Versprechen, das wir bis zu unserem letzten Tag halten werden.«

Nach und nach machten sich die wundervollen Geschöpfe, die mit uns in diesem schönen Winkel der Welt zusammenleben, wieder auf den Weg. Doch zuvor schenkten sie uns beiden noch ein Lächeln.

»Ich liebe euch, ihr Träumer«, sagte Fabian und verzog sich in seine Ecke des Hauses, wo er sich geborgen fühlte, einen Ort, den er nun sein Heim nannte.

Nur Cheekee blieb bei uns.

»Verstehst du nun, Träumer? Du bist an diesen besonderen Ort gekommen, ohne den genauen Grund dafür zu kennen und obwohl dich die anderen Menschen dafür verlacht haben. Und auch wir sind alle hierhergekommen – aus Westen und Norden, aus Süden und Osten, vom Himmel und aus dem Wasser. Jetzt weißt du, warum es so geschehen musste, und das genügt uns. Denn heute hast du jenen, die die Macht haben, alles zu erschaffen oder alles zu zerstören, dem Ozean und der Erde, ein Versprechen gegeben. Wohin man auch blickt, überall machen die Menschen alles kaputt, und deswegen sind meine Freunde und ich so traurig über euch. Ihr müsst dringend etwas unternehmen – wenn nicht, müssen wir alle den Preis dafür bezahlen.«

Der Fuchs stand auf, berührte uns mit seiner warmen, weichen Nase und verschwand in der Nacht.

Aus der Ferne hörten wir ihn ein letztes Mal rufen:

»Ein Versprechen ist ein Versprechen!«

Nachwort

Ich finde, es ist Zeit, der Erde Dank zu sagen für alles, was sie mir geschenkt hat: eine wundervolle Mutter, einen weisen Vater, die Liebe meines Lebens, meinen über alles geliebten Sohn Daniel und die Gnade, den Zauber der Natur spüren zu dürfen. Vor allem aber bin ich dankbar, dass ich ein Träumer bin und Dinge sehen kann, die anderen Menschen leider verborgen bleiben, weil sie nicht dazu bereit sind, ihre Augen zu öffnen.

Ich weiß, dass wir etwas bewirken können, wenn wir uns bemühen, die Natur zu begreifen und ihre Gesetze zu respektieren. Wir alle zusammen können etwas verändern. Wir müssen nur einen Moment innehalten in unserem hektischen Leben und darüber nachdenken, was für uns alle – für uns Menschen und für unsere Umwelt – wirklich wichtig ist. Denn dann werden wir unsere Fehler erkennen und verstehen, was zu tun ist, genau so, wie viele es bereits tun.

Gerade befinde ich mich auf einer Lesereise durch Europa und bin unterwegs nach Salzburg. Auf meinem Weg durch Deutschland, Österreich und Spanien sah ich Hunderte und Aberhunderte von Windrädern, die die Kraft des Windes nutzen und saubere Energie produzieren, und ich hatte das Gefühl, dass es doch noch Hoffnung gibt. In Süditalien sah ich Solarpanels, die sich, wie auch in Kalifornien und in den heißen Wüsten Nordchiles, bis zum Horizont erstrecken. In dem Land, in dem ich geboren bin, war ich in kleinen Küstenstädtchen, wo man mit einem einzigen Windrad Strom für den ganzen Ort erzeugen kann. Biodiesel, Gasohol und Strom treiben in den Straßen unserer Städte immer mehr Fahrzeuge an. Elektromobilität ist im öffentlichen Verkehr vieler Städte der Welt inzwischen Vorschrift. Vernünftige, engagierte Menschen kaufen riesige Waldflächen auf, damit sie nicht zerstört werden. Andere erwerben exotische Koralleninseln, um die Natur intakt zu halten, und schützen so die Geschöpfe, die diesen zauberhaften Planeten bewohnen – alle Geschöpfe, auch jene Menschen, die vor lauter Gier blind sind für die Wahrheit, die vor uns liegt. Doch am wichtigsten ist, dass jeder von uns sein eigenes Gewissen befragt und das Richtige tut: dass er von der Natur nur so viel nimmt, wie er braucht, und ihr das Genommene zurückgibt, indem er Neues pflanzt.

Ein Besuch in der Stadt, in der Mozart geboren wurde, wird mich immer daran erinnern, dass aus dem Nichts Schönheit und wundervolle Dinge erschaffen werden können – so wie ich dank eines kleinen wilden Fuchses ein denkwürdiges Zusammentreffen mit Erde und Ozean hatte und daran erinnert wurde, dass die Uhr läuft und dass es, wenn wir unsere Sicht auf die Natur nicht ändern, bald zu spät sein könnte, um den Schaden zu reparieren, den wir bereits angerichtet haben.

Aber wir halten unser Versprechen, Cheekee: Wir werden für all jene kämpfen, die sich selbst nicht wehren können, für Anty, für Maggie, für Sebastian, Herrn Krebs, Fabian und all die anderen unschuldigen Geschöpfe, die wir zwar nicht kennengelernt haben, die aber ebenso leiden. Und natürlich werden wir für dich kämpfen, Cheekee. Ich weiß, dass es so richtig ist. Indem wir eure einzigartige Welt respektieren, retten wir nicht nur euch, sondern auch uns selbst.

In jener Nacht, als Erde und Ozean gesprochen haben, war die Botschaft klar und deutlich: Dieser Planet wird auch ohne uns weiterexistieren, wir aber nicht ohne ihn.

Das Leben ist oft gerade dann besonders schön, wenn wir es am wenigsten erwarten. Versteckt, aber ganz nah, gibt es etwas, das dir die Trauer vertreibt und dich für immer verändert.

Die Macht der Vergebung.
Die Musik der Hoffnung.

Du hattest ja so recht, Cheekee! Es muss etwas geschehen. Die menschliche Gier hat uns in eine Sackgasse geführt, in der wir alle verschwinden werden wie ein Virus, das die Erde abschüttelt, um ihre Wunden zu heilen und sich wieder zu erneuern. Um das zu verhindern, brauchen wir die Hilfe all der engagierten Menschen, die es überall auf diesem tollen Planeten gibt, den wir unsere »Heimat« nennen.

Werdet ihr helfen?

Nun weiß ich, warum ich, seit ich in meinem Haus mit dem Fenster zur Sonne lebe, im Schlaf immer wieder die Sätze höre, mit denen mich mein Sohn Daniel gern aufzieht:

»Eines Tages, Träumer, werden sie von Westen und Norden, von Süden und Osten, ja sogar vom Himmel und aus dem Meer kommen und sie werden uns nahelegen, unsere Gedanken mit unseren Gefühlen und Taten in Einklang zu bringen, um die Rücksichtslosen aufzuhalten, die Gierigen, die nur an ihr eigenes banales Selbst denken und niemals verstehen werden, wie wertvoll das Leben ist und wie zerbrechlich das Gleichgewicht der Natur.«

In jener Nacht am Strand habe ich erkannt, was ich im Grunde schon wusste, was auszusprechen ich aber nie den Mut hatte:

Wir zerstören die Erde bis in die entferntesten Winkel hinein. Ein beängstigender Gedanke, aber ich kann die Augen nicht davor verschließen. Ich könnte es mir niemals verzeihen, ich muss darauf aufmerksam machen, davor warnen.

Cheekee, dieses wunderbare Wesen, hat nicht zu mir gesagt, dass ich mein Leben verändern soll – nicht direkt. Er hat mir nur klargemacht, dass es zwar eine gute Tat ist, eine Schildkröte zu retten, einer Möwe zu helfen und die Augen der schönen Taschenkrebse auszuspülen, dass das jedoch nicht reichen wird. Mir reicht es jedenfalls nicht. Cheekee hat mir gezeigt, dass unsere Träume und Ziele so groß sein können, wie wir möchten, und dass wir auf unserer Lebensreise nicht aufhören dürfen zu lernen. Wir müssen uns mit jenen zusammenschließen, die genauso denken wie wir.

Es wird nicht leicht werden. Ich weiß, dass wir gegen mächtige dunkle Kräfte ankämpfen müssen, gegen Habgier und fehlendes Mitgefühl. Menschen sind sogar bereit zu töten für ihre vermeintlichen Schätze, Schätze, die aus dem Blut derer gemacht sind, die sich nicht wehren können. Doch wir müssen den Tod nicht fürchten, denn wir sind nicht allein.

Ich hatte im Alter von vierunddreißig Jahren

das Glück, sagen zu können: Genug ist genug. Ich weiß alles Wertvolle zu schätzen, mit dem ich seit diesem Tag gesegnet bin: meinen Sohn, meine wunderbare Frau Ecaterina, die ich mein Leben lang lieben werde, auch noch nach meinem Tod, und die Wunder der Natur, die ich immer wieder neu entdecke ... meine Aufzählung könnte endlos weitergehen.

Nun bin ich endlich so weit, lieber Cheekee. Alles, woran ich mein Leben lang geglaubt habe, die Grundsätze, nach denen ich immer konsequent zu leben versuchte – alles ist zu guter Letzt zusammengekommen. Es ist Zeit, mich dem Sturm des Bösen zu stellen, ohne Angst vor den Folgen. Du, Cheekee, hast mir die letzte fehlende Kraft dazu geschenkt, meinen Worten Taten folgen zu lassen.

Nun sitze ich wie so oft am Tisch auf der Veranda, blicke in den sternengesprenkelten Himmel hinauf und auf das weite Meer hinaus, das den Strand vor meinem Häuschen küsst. Ich weiß nun, dass das Dunkel der Nacht die Bewährungsprobe für unsere Seele ist. Wenn wir in Unruhe sind, gibt es nichts Schlimmeres, als sich nachts mit den eigenen Gedanken auseinanderzusetzen. Sind wir jedoch mit uns selbst im Reinen, ist es wunderschön, allein im Dunkeln zu sitzen und diesen Gedanken zu lauschen.

Die Zeit ist gekommen. Taten, nicht Worte sind gefragt. Also, machen wir uns ans Werk!

Wirst du dich, treue Leserin, treuer Leser, in welchem Teil dieser Welt du auch leben magst, uns anschließen?

Dazu brauchst du nur zwei Dinge:

Die Macht der Vergebung.

Die Musik der Hoffnung.

Der Weltbestseller als schöne Geschenkausgabe

Sergio Bambaren

Der träumende Delphin

Eine magische Reise zu dir selbst

Aus dem Englischen von Sabine Schwenk
Piper, 96 Seiten
ISBN 978-3-492-07132-1

Der träumende Delphin vernimmt eines Tages die Stimme des Meeres, die ihm verspricht: Wenn er die perfekte Welle findet, wird er den Sinn des Lebens begreifen. Er verlässt seine Familie, seine Freunde und das sichere Riff und begibt sich auf eine außergewöhnliche Reise zu sich selbst. Fernab der Heimat auf der Suche nach seiner wahren Bestimmung lernt der junge Delphin, wie wichtig es ist, das Vertraute hinter sich zu lassen, um den eigenen Weg zu verfolgen. Denn nur so können sich die eigenen Träume wirklich erfüllen.

Leseproben, E-Books und mehr unter **www.piper.de**

»Dieses Buch ist so klug wie zauberhaft.«

Die Zeit

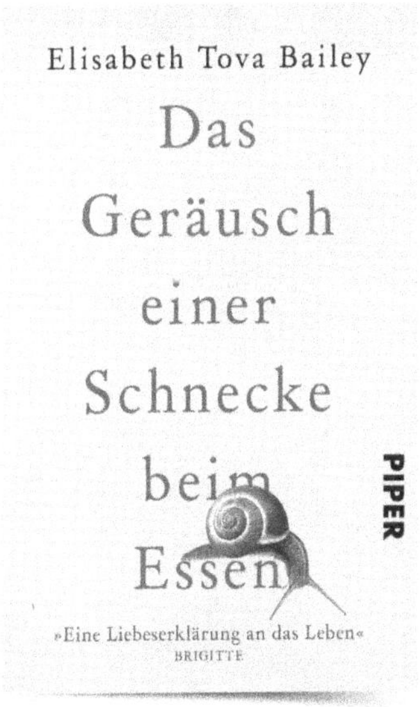

Hier reinlesen!

Elisabeth Tova Bailey

Das Geräusch einer Schnecke beim Essen

Aus dem amerikanischen Englisch
von Kathrin Razum
Piper Taschenbuch, 176 Seiten
ISBN 978-3-492-30237-1

Durch eine Krankheit ist die Journalistin Elisabeth Bailey ans Bett gefesselt. Als sie von einer Freundin eine Topfpflanze geschenkt bekommt, unter deren Blättern eine Schnecke sitzt, beginnt sie diese zu beobachten. Nachts wird ihr neues Haustier aktiv, fährt seine Fühler aus, geht auf die Jagd und vollführt seltsame Rituale. Fasziniert beschäftigt sich Bailey mit Biologie und Kulturgeschichte der Schnecke und erfährt Verblüffendes über ein unterschätztes Lebewesen.

PIPER

Leseproben, E-Books und mehr unter **www.piper.de**